TABLEAUX

ANCIENS

VENTE

Le Jeudi 25 Octobre 1860

Me DELBERGUE-CORMONT, Commissaire-Priseur.

M. DHIOS, Expert.

EXEMPLAIRE DE DHIOS

Déboursés

Travail d'arrangement

Charges N : le comité de la malette
qui a duré un mois —————— 500 f

Déboursés de voitures et
frais de courses ———————— 23 f

N° d'objets vendus ————————— 249 f

honoraires ——————————

CATALOGUE

D'UNE

JOLIE COLLECTION

DE

TABLEAUX

ANCIENS

Des Écoles Française, Hollandaise, Flamande,
Italienne & Espagnole,

PROVENANT DU CABINET D'UN AMATEUR

dont la vente aura lieu

HOTEL DES COMMISSAIRES-PRISEURS

RUE DROUOT, 5

SALLE N° 4,

Le Jeudi 25 Octobre 1860,

A DEUX HEURES TRÈS-PRÉCISES.

M° DELBERGUE-CORMONT, Commissaire-Priseur,
rue de Provence, 8;

Assisté de M. DHIOS, Expert, rue Le Peletier, 33,

CHEZ LEQUEL SE DISTRIBUE LE CATALOGUE.

EXPOSITION PUBLIQUE,

Le Mercredi 24 Octobre 1860, de midi à cinq heures.

PARIS

MAULDE & RENOU

IMPRIMEURS DE LA COMPAGNIE DES COMMISSAIRES-PRISEURS
RUE DE RIVOLI, 144

MDCCCLX

CONDITIONS DE LA VENTE

Elle sera faite au comptant.

Les Acquéreurs paieront, en sus des adjudications, CINQ POUR CENT applicables au frais.

DÉSIGNATION

DES TABLEAUX

BACKHUISEN (L.), 1706.

1 — Jésus et la Samaritaine. (Toile.)

BERGERET.

2 — La Tête de Féraud, présentée à Boissy-d'Anglas. (Toile.)

BILCOQ.

3 — Scène d'intérieur. (Bois.)

BOUCHER (F.).

4 — L'Éducation de la Vierge. (Toile.)

DU MÊME.

5 — Sujet biblique. (Grisaille. Toile.)

DU MÊME.

6 — Jeune bergère conduite par l'Amour. (Esquisse. Bois.)

BOUCHER (attribué à).

7 — Jeune berger délivrant une nymphe liée. (Toile.)

BOUCHER (école de).

8 — Hercule filant aux pieds d'Omphale. (Toile.)

BOUT ET BOUDWINS.

9 — Intérieur d'une ville de Hollande sur une place. Beaucoup de figures devant une église. (Toile.)

CANOT.

10 — Intérieur de jeune famille prenant le thé.

CARRACHE (école de).

11 — Le Christ mort entre les bras de sa mère (Toile.)

CHALLE (Michel-Ange).

12 — Jeune femme assise dans un parc. Elle a son coude appuyé sur un livre ouvert; un chien est couché à ses pieds. (Toile.)

DU MÊME.

13 — Jeune femme jouant du clavecin. (Toile.)

DU MÊME.

14 — Couple d'amoureux dans une vigne. (Toile.)

DU MÊME.

15 — Nymphes et Amours parmi des roses. (Toile.)

COYPEL.

16 — Flore et Zéphyre. (Toile.)

C. L. 1696 (signé).

17 — L'Assomption de la sainte Vierge. (Bois.)

CUYLENBURG.

18 — Danse de Nymphes et de Satyres. (Cuivre.)

DIETRICH.

19 — La Partie de musique. (Bois.)

DU MÊME.

20 — Ariane entourée d'Amours, Nymphe et Satyre. (Toile.)

EISEN.

21 — Le Jeu des échasses. (Toile.)

EECKHOUT (VAN).

22 — Alexandre et Diogène. (Bois.)

FAVRAY (le chevalier).

23 — Le Déjeûner. (Toile.)

FRAGONARD (HONORÉ).

24 — Jeune femme assise dans un parc. (Toile.)

DU MÊME.

26 — Suzanne et les vieillards. (Toile.)

FRAGONARD (Honoré).

26 — Jeune dame assise devant une glace recevant un visiteur. (Toile.)

FRAGONARD (attribué à).

27 — Jeune fille assise devant une cage.

DU MÊME (attribué à).

28 — Jeune femme assise devant une table où se trouve une corbeille de fleurs. (Pendant du précédent. Bois.)

HEEMSKERCK.

29 — Scène de Buveurs. (Bois.)

VAN HELMONT.

30 — Intérieur de corps de garde. (Toile.)

DU MÊME.

31 — L'Alchimiste. (Toile.)

J.-B. HUET.

32 — Rendez-vous dans la grotte. (Toile.)

JANSSENS.

33 — Assemblée galante. (Toile.)

JEAURAT.

34 — Les Comédiens ambulants. (Toile.)

JOSÉPIN.

35 — Bacchus et Ariane. (Toile.)

LAMBRECH.

36 — Personnages à table.

DU MÊME.

37 — La Marchande de légumes. (Toile.)

LAWRENCE.

38 — Les Offres séduisantes. (Bois.)

LECOEUR.

39 — Le Couple amoureux. (Toile.)

LEDUC (Jean).

40 — Scène d'intérieur, trois personnages. (Bois.)

LEMOINE.

41 — Sacrifice en l'honneur de Diane. (Toile.)

J.-B. LEPRINCE.

42 — Intérieur de harem. (Esquisse.)

LINGELBACH.

43 — Vue d'une ville hollandaise ; sur le devant une place animée d'un grand nombre de figures. (Toile.)

LOIR (Nicolas).

44 — Sainte Famille. (Bois.)

LUINI (école de).

45 — Deux jeunes enfants nus s'embrassant. (Bo...

MALLET.

46 — L'Éducation maternelle. (Bois.)

MANGLARD.

47 — Marine. Tempête.

DU MÊME.

48 — Mer calme. (Toile.)

MARATTE (Carle).

49 — Saint Joseph tenant l'Enfant Jésus entre ses
bras. (Toile.)

MEULEN (Van der).

50 — Choc de cavaliers. (Toile marouflée sur bo...

MICHEL.

51 — Paysage avec figures, animaux et chario...
(Bois.)

MOLA.

52 — L'Annonciation. (Toile.)

MOLENAERT.

DU MÊME.

OLIVIERI (Dominique).

DU MÊME.

HOREMANS (J.).

DU MÊME.

OTTO VENIUS.

PALAMÈDES.

PARMESAN.

PROCCACINI (Césari).

60 — Deux figures à mi-corps étudiant la phréno-
logie. (Toile.)

RAOUX.

61 — Portrait de jeune femme. (Toile.)

REMBRANDT (École de).

62 — Hérodiade recevant la tête de saint Jean-Bap-
tiste. (Toile.)

RUBENS (Manière italienne).

63 — L'Adoration des Mages. (Toile.)

RUGENDAS.

64 — Bataille. (Toile.)

SCHALKEN.

65 — Vieille Femme près du feu. (Bois.)

SENAVE.

66 — La Proposition repoussée ou la Vertu. (Toile.)

DAVID TÉNIERS (le père).

67 — Intérieur de cuisine. (Toile.)

THULDEN (Van.)

68 — L'Enlèvement de Déjanire. (Toile.)

TINTORET (Attribué au).

— 69 — Le Christ descendu de la croix. (Toile.)

TORENVLIET.

70 — Intérieur hollandais. Femme assise à côté d'un buveur. (Toile.)

VALLIN.

71 — Scène de Mendiants. (Toile.)

VAN BALEN.

72 — Fête de Bacchus. (Bois.)

VANDICK (Ecole de).

73 — La Vierge et l'Enfant-Jésus. (Toile.)

VANLOO (Carle).

74 — Scène orientale. (Toile.)

VERDUSSEN.

75 — Paysage avec cavalier. (Bois.)

DU MÊME.

76 — Cavaliers près de ruines. (Bois.)

VÉRONÈSE (Alexandre).

77 — Moïse sauvé des eaux. (Toile.)

VÉRONÈSE (École de).

— 78 — Saint Alexis sous l'escalier. (Toile.)

VINCENT.

— 79 — Henri IV et Gabrielle.

Ce tableau est orné de fleurs peintes par VANDAEL. (Toile.)

WATTEAU (attribué).

— 80 — Personnages de la Comédie Italienne. (Toile.)

WERF (ADRIEN VAN DER).

81 — La Madeleine. (Bois.)

WOUVERMAN (Attribué à PHILIPPE).

— 82 — Paysans occupés à charger du bois. (Bois.)

ZORG.

— 83 — Intérieur, fruiterie. (Bois.)

ÉCOLE FRANÇAISE.

— 84 — Portraits de Femmes entourées de fleurs et d'amours. 2 pendants. (Toile.)

ÉCOLE FRANÇAISE.

— 85 — La Partie de cartes. (Toile.)

ÉCOLE FRANÇAISE.

86 — Lot et ses filles. (Toile.)

ÉCOLE HOLLANDAISE.

87 — Portrait de Femme assise dans un parc.

Ce tableau porte un monogramme avec la date 1706. (Toile.)

ÉCOLE HOLLANDAISE.

88 — Portrait d'un peintre assis devant une fenêtre. (Toile.)

ÉCOLE FLAMANDE.

89 — Marche de villageois au son de la musique. (Bois.)

MÊME ÉCOLE.

90 — Danse de paysans, pendant du précédent.

ÉCOLE ITALIENNE.

91 — Apparition de la Sainte-Vierge à un saint. (Cuivre.)

92 — La Fuite en Égypte. (Toile.)

93 — La Madeleine en prière. (Bois.)

94 — La Vierge et l'Enfant Jésus tenant la boule du monde. (Toile.)

95 — Jeune femme martyrisée. (Toile.)

96 — Jeunes garçons jouant aux boules de neige. (Toile.)

97 — Réunion de villageois, pendant du précédent.

98 — La Madeleine. (Toile.)

99 — La Résurrection de Lazare. (Toile.)

ANCIENNE ÉCOLE ITALIENNE.

100 — Figure de saint Jean en pied. (Toile.)

ÉCOLE VÉNITIENNE.

101 — L'Ange et Tobie. (Toile).

ÉCOLE ESPAGNOLE.

102 — Jésus et saint Jean. (Bois.)

403 — Saint Louis de Gonzague et l'Enfant Jésus. (Toile.)

ÉCOLE MODERNE.

104 — Intérieur sous Louis XIII. (Toile.)

INCONNU.

105 — L'Annonciation. (Bois.)

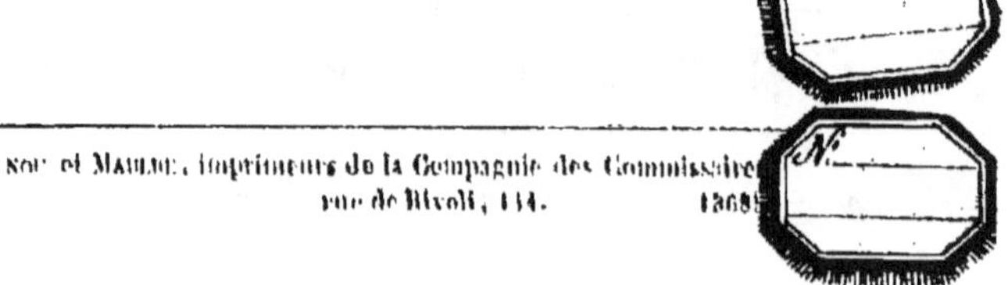

BISON et MAULDE, Imprimeurs de la Compagnie des Commissaires, rue de Rivoli, 144.   13685

[illegible]

[illegible]